SONJA KAIBLINGER

DIE WELTRAUM-SCHULE

EIN SCHLEIMIGER SPION

Illustriert von Sonja Kurzbach

Band 2

LOEWE WOW!

Das war vielleicht ein verrücktes letztes Jahr. Als ob hier im Weltall nicht ohnehin schon viel los wäre, haben wir auch noch Besuch von Aliens bekommen. Und als ob das noch nicht genug wäre, haben sie uns auch noch dabei geholfen, endlich das Beamen zu erfinden – etwas, das die Menschheit schon seit Ewigkeiten versucht hat. Unsere Lehrerin Miss Universum jedenfalls erzählt seit Tagen, was für ein großer Meilenstein das für uns Menschen ist.

Die neuen Planeten, die wir uns für die Aliens auf der Station ausgesucht haben, bieten perfekte Bedingungen. Für die Ypsilons gibt es auf Astron 3 Bedingungen fast wie auf der Erde. Und für die Grantari gibt es auf Xylus 2 unbegrenzt Nahrung für ihre Bespeckungsphase.

Unbegrenzt Nahrung.
Hmmm ...
Warum wollte ich noch mal hierbleiben?
Weil du uns gernhast?
SCHOKI
Ach ja, stimmt.
Wenn ich mich zwischen euch und einem Riesenburger entscheiden sollte, würde ich euch wählen.
Für einen Grantari ist das ein großes Kompliment. Ich für meinen Teil bin jedenfalls richtig froh, dass wir hierbleiben können, ganz egal, was es alles auf Astron 3 gibt.
crunch

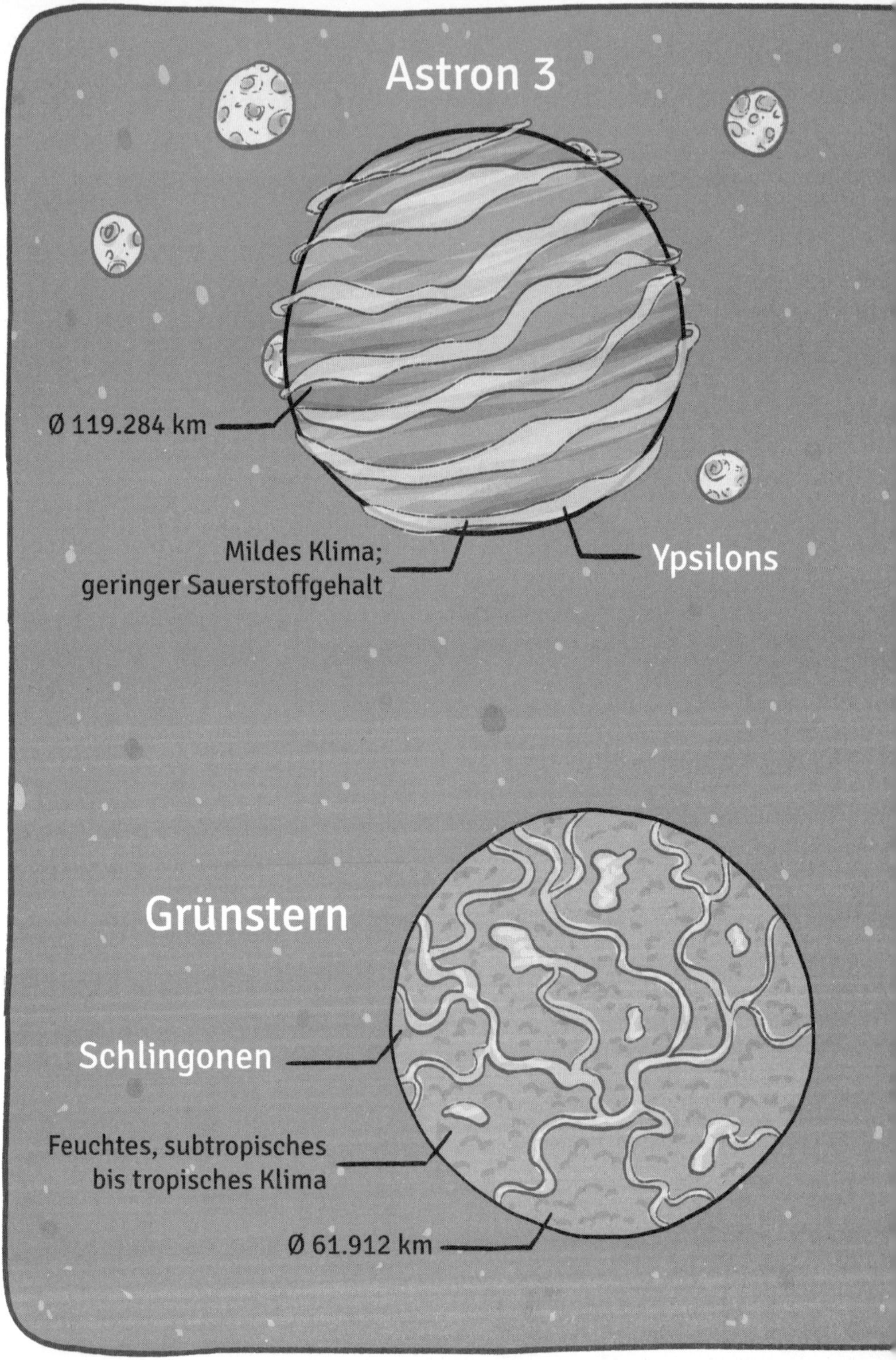
Astron 3
Ø 119.284 km
Mildes Klima;
geringer Sauerstoffgehalt
Ypsilons
Grünstern
Schlingonen
Feuchtes, subtropisches
bis tropisches Klima
Ø 61.912 km

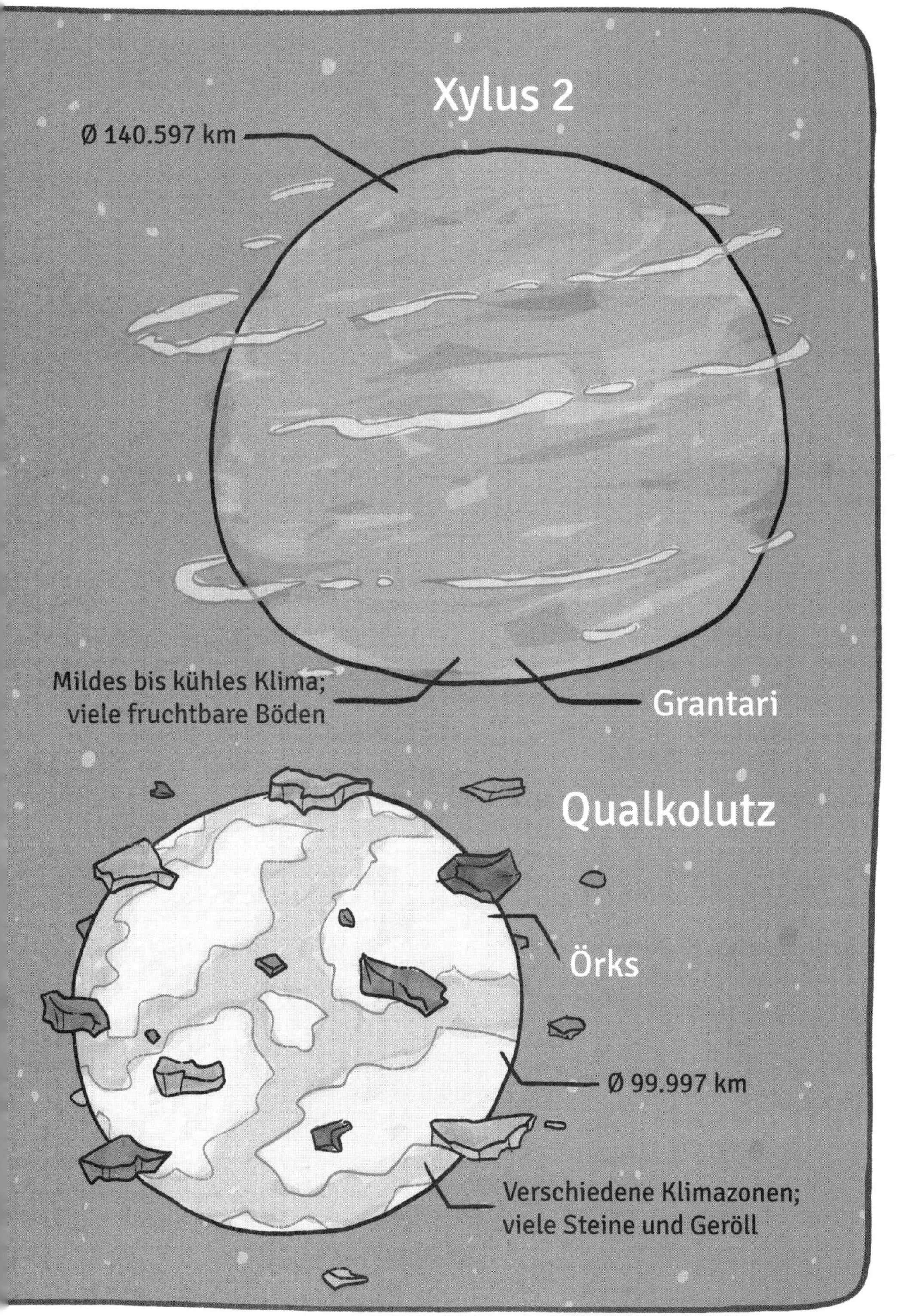
Xylus 2
Ø 140.597 km
Mildes bis kühles Klima;
viele fruchtbare Böden
Grantari
Qualkolutz
Örks
Ø 99.997 km
Verschiedene Klimazonen;
viele Steine und Geröll

Heute ist der Tag gekommen, an dem zum ersten Mal gebeamt wird und fast alle Aliens auf ihre neuen Planeten reisen dürfen. Deswegen ist der Unterricht auch schon früher zu Ende, und wir dürfen alle zu Besuch ins neue Beamcenter, das vor einigen Monaten errichtet wurde. Wir werden zusehen, wie zum allerersten Mal gebeamt wird, nachdem es die Wissenschaftler bisher bloß mit Gegenständen und Laborratten versucht haben. Alle Tests haben perfekt funktioniert.

Und das alles haben wir euch zu verdanken. Immerhin hat eure Schlingone das notwendige Material für all das hier produziert.
Wow! Das sieht ja hypermodern aus!
Örks!

Miss Universum hat recht. Weil unsere Schlingone, eine Alien-Pflanze, die Gegenstände in ihrer Blüte erschaffen kann, das Gamma-Plutonium hervorgebracht hat, können wir nun beamen. Dafür hat uns die Station auch ordentlich belohnt.

Ein Topf mit Bewässerungsanlage, Gold-Edition
SCHLINGO TOP-POT
Dr. Grotts
WELTRAUM-SCHROTT
Nur das Beste für Ihr Örks
10.000 Schokoriegel für die nächsten Bespeckungsphasen
nom nom
SCHOKI

Eigentlich wären uns gute Noten und weniger Klausuren in der Schule lieber gewesen als die ganzen Belohnungen. Aber dafür dürfen wir im Beamcenter, wenn alle Aliens auf ihre Planeten gebeamt werden, in der ersten Reihe stehen.

Das sind wir alle. Der frühere Vizekommandant Shore hätte nämlich um ein Haar alle Aliens auf den verbotenen Planeten verkauft und dort versklavt.

Und dann geht es auch schon los. Die Örks, die Schlingonen, die Ypsilons und die Grantari werden in Gruppen aufgestellt. Die Maschine ist sogar so intelligent, dass alle zusammen auf ihre verschiedensten Planeten gebeamt werden können.

Klick!
Klick!
Klack!
Es geht los!
Mann, ich werde die anderen echt vermissen. Sogar die Örks sind irgendwie süß.
♫
Hoppala!
Flupp!

Plötzlich ertönt ein lautes Zischen und das Licht beginnt zu flackern.

Die Maschinen laufen bereits auf voller Power!
Aber die Energie ist zu schwach! So bleiben die Aliens irgendwo im Weltall stecken und erreichen ihre Planeten nie!
klick, klack
Wir müssen abbrechen!
Aber dafür ist es zu spät! Der Beamvorgang wurde schon gestartet!
Schaut mal, Leute!
Das Kabel! Ein Prozessor ist nicht angeschlossen.

Ich weiß, dass ich etwas tun muss. Ich sehe den Kerl, der vorhin unabsichtlich das Kabel aus der Dose gezogen hat, aber der rührt keinen Finger.
Deshalb flitze ich los und erledige es selbst.

Ned, wo willst du hin?
Bin gleich wieder zurück!
Aber ...
Die Örks retten,
bevor sie irgendwo in der Galaxie stecken bleiben!

ZISCH!

Alles ist dunkel …

Es ist mucksmäuschenstill geworden.
Vor Sorge halten alle den Atem an.

Für einen Augenblick weiß niemand, was das zu bedeuten hat. Hat der Beamvorgang funktioniert? Oder nicht? Sind die Aliens noch hier? Oder, noch viel schlimmer, irgendwo zwischen hier und ihren Planeten gefangen?

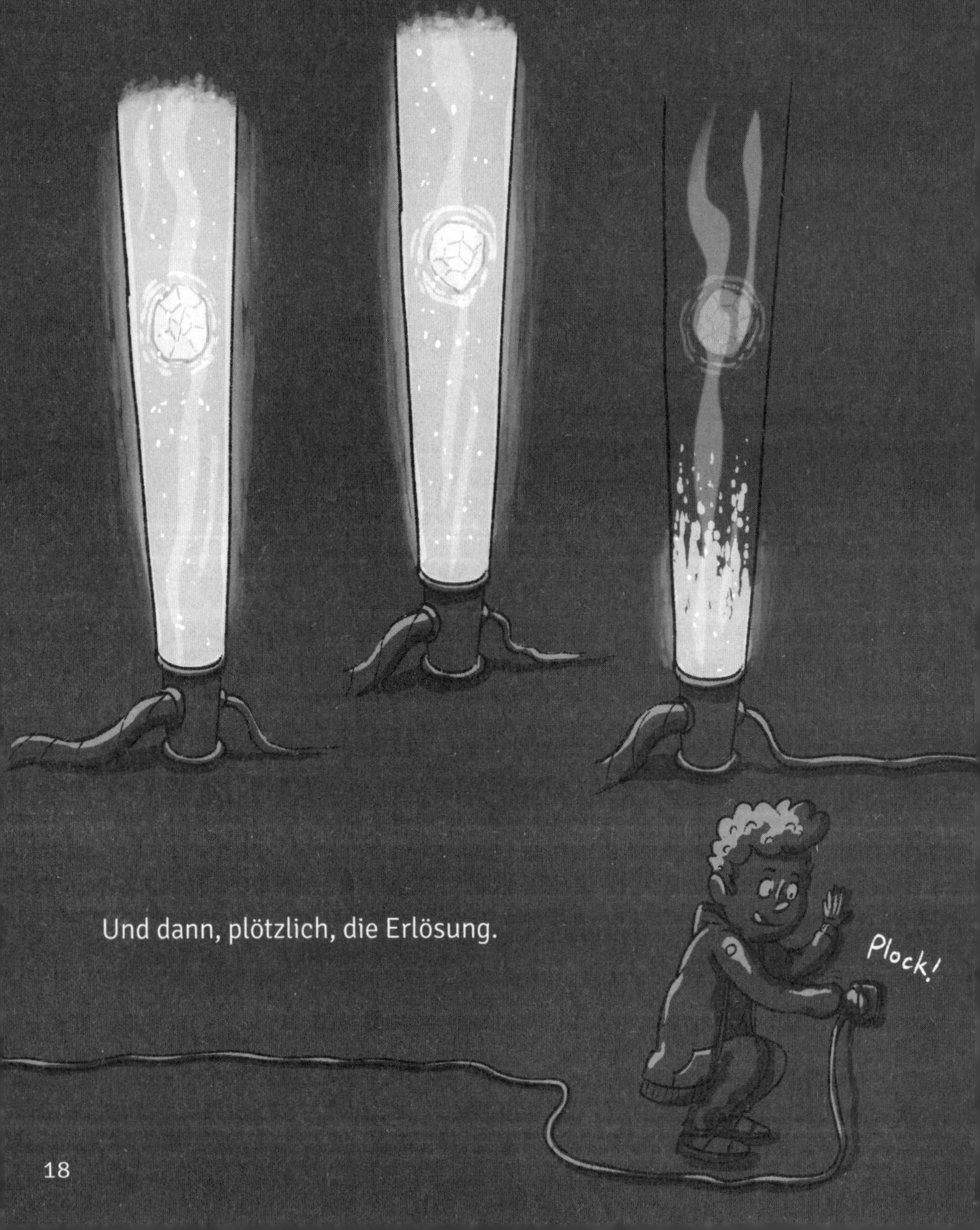

Und dann, plötzlich, die Erlösung.

BZZZZZT...!
Wir haben es geschafft!
1
2
BEAM-
VORGANG
100%
Hurra!
schleck
Patsch!

Nachdem der Transport der Aliens doch noch geklappt hat, herrscht auf der Station ausgelassene Stimmung. Kommandant Buckminster hat ein riesiges Fest vorbereitet, um das erste erfolgreiche Beamen der Aliens zu feiern. Die gesamte Beamaufsicht lässt es ordentlich krachen. Und wir sind mittendrin.

Irgendwie kann ich mich gerade nicht so richtig freuen. Denkt doch mal an den Kerl, der beinahe alles zunichtegemacht hätte.
Du meinst den, der den Stecker gezogen hat?
Wo ist er denn?

Keine Ahnung.
Er ist nicht da. Glaubt ihr wirklich, dass es bloß ein Versehen war? Wer weiß, vielleicht ist der Kerl ein Komplize von ... Shore.
Vielleicht hat er es immer noch auf die Aliens abgesehen und will sich vom Knast aus rächen.

Die Blicke, die meine Freunde mir jetzt zuwerfen, sprechen Bände. Sie halten mich für einen Irren mit Verfolgungswahn. Mag sein, dass sie recht haben. Aber Shores böse Machenschaften liegen mir immer noch im Magen. Ich kann einfach nicht glauben, dass wir nie wieder von ihm hören werden.

Und warum ist der Kerl dann jetzt nicht hier?
Vielleicht ist er ja auf dem Klo?
Ihr Menschen geht ja noch regelmäßig auf die Toilette, oder?
Ihr etwa nicht?!
Mit dieser Zeitverschwendung haben wir schon vor hundert Jahren aufgehört.
Also ich gehe total gern zur Toilette. Da hat man zumindest mal seine Ruhe.
Aber was passiert dann mit der Nahrung, wenn ihr nicht ...
Könnt ihr bitte mal aufhören, übers Klo zu sprechen?
Wir haben womöglich einen Bösewicht in der Beamaufsicht und ihr habt kein anderes Thema!

Doch ich komme gar nicht dazu weiterzusprechen.
Mein Vater stellt sich plötzlich zu uns und strahlt uns an.

Wow!
Das ist ja cool.
Gratuliere!
Das ist toll, Paps ...
Aber ... kannst du
das denn?
Plonk!
Das ist doch klar wie Alienschleim!
Ich bin nämlich der,
der hier die Rollen verteilt.
Warte mal!
Du bist der Chef?
Und sagst allen, was zu tun ist?
Wer sagt denn hier
was von Chef?
Ich arbeite auf der Toilette
und schichte Klopapier nach.
Und sorge außerdem dafür,
dass hier alles glänzt.
BEAM-
CENTER

Mein Vater bei der Beamaufsicht. So wie er strahlt, könnte man jedenfalls denken, er wäre der neue Kommandant des Schiffs geworden. Aber das Zepter hier schwingt immer noch Buckminster.

Paps, du musst unbedingt einen Blick auf den neuen Mitarbeiter bei der Beamaufsicht werfen!
Ned denkt nämlich, der Kerl hätte den Stecker heute absichtlich gezogen.
Ach, Ned, du solltest dich wirklich ein wenig entspannen! Geht doch mal in die Spielehalle.
wuschel

Mein Dad hat gut reden. Als neuer Hygienemanager der Beamaufsichtsbehörde könnte er ja ein Auge auf diesen neuen Kerl werfen. Ich jedoch habe leider keinen Zutritt, außer wenn, so wie heute, eine Party stattfindet. Auch in der Spielehalle kann ich an nichts anderes als an diesen Kerl denken.

Doch dass meine Vermutung nicht ganz falsch war, sollte sich in der kommenden Nacht herausstellen. Pimm würde durch Zufall etwas bemerken, das uns allen richtig Angst machen sollte …

Doch davon ahnen wir noch nichts. Stattdessen lernen wir im Fach Interstellare Biologie, das unser neuer Lehrer Herr Keksteig unterrichtet, der auch hier auf der Station geblieben ist, etwas über die zahlreichen Ringe des Saturn. Ziemlich langweilig, immerhin war unser Sonnensystem schon vor fast dreihundert Jahren ziemlich gut erforscht.

Jetzt nicht, Pimm.
Ich bin total schlecht bei Herrn Keksteig. Bloß weil er von deiner Spezies ist, bist du seine Lieblingsschülerin und musst dich hier nicht anstrengen.
Hey, das ist doch gar nicht wahr.
Doch!
Willst du es auch nicht hören, wenn ich dir sage, dass die Story mit dem tollpatschigen Mitarbeiter von gestern zu tun hat?

Damit hat Pimm meine Aufmerksamkeit.
Obwohl ich aufpassen sollte, lehne ich mich zu ihr rüber.

Ich war schon so verzweifelt, dass ich mir fast ein Stück Brokkoli aus dem Automaten gekauft hätte.
GESUND & LECKER
... und wir vermuten, dass sich im Inneren des Mondes ein ausgedehnter Ozean befindet, ...
Aber dann habe ich jemanden entdeckt. Direkt vor dem Beamzentrum. Den Kerl, der neulich das Kabel aus der Steckdose gezogen hat.
Und?
Jetzt sag schon, was hat er gemacht?

Vor lauter Aufregung kippe ich beinahe vom Stuhl. Gestern auf der Feier hat noch jede Spur von ihm gefehlt. Aber dass Pimm ihn gesehen hat, ist Beweis genug, dass der seltsame Typ noch unter uns ist.

Und, wer war es?
Das weiß ich leider nicht.
... Der Mond bezieht seine Energie dabei aus den von Saturn ausgeübten Gezeitenkräften ...
Mann, Pimm.
Das könnte ja einfach nur seine Mutter gewesen sein.

Ich werfe Ypsilon einen bösen Blick zu, der daraufhin mit seinen drei Augen rollt. Ja, schon klar, vielleicht hat der Kerl wirklich nur mit seiner Mutter telefoniert. Aber vielleicht auch nicht. Es könnte genauso gut Shore gewesen sein. Möglich, dass er in seiner Zelle neuerdings einen Funker hat. Möglich aber auch, dass wieder meine Fantasie mit mir durchgeht.

*Mitten in der Nacht. Wer kennt es nicht?

Also wenn ich mit meinem Friseur telefoniere, verwandle ich mich anschließend nicht in ein schleimiges grünes Monster, nur zu deiner Information!
Wie bitte? Das darf doch nicht wahr sein!

Mist.

Ich war eindeutig zu laut. Aber vor lauter Schreck, weil Pimm die Sache mit dem grünen Monster gesagt hatte, ging es eben nicht leiser. Jetzt steuert Herr Keksteig direkt auf uns zu und starrt uns mit wütendem Blick an.

Ähm ...
Ned hat sich bloß gefragt, warum der Saturn eigentlich erst einige Jahrhunderte später von den Menschen besucht wurde, nachdem die Mondlandung ja bereits im 20. Jahrhundert stattgefunden hatte ...
Schon gut, Ypsilon.
Herr Keksteig, tut mir echt leid, dass wir eben den Unterricht gestört haben. Aber Pimm hat uns gerade etwas Erschreckendes erzählt.
Ach ja?
Was denn?

Pimm zögert einen Moment. Doch dann rückt sie mit der Sprache raus und erzählt Herrn Keksteig, was sie eben mir erzählt hat. Inzwischen starren uns alle anderen in der Klasse mit großen Augen an. Als Pimm an der Stelle angelangt ist, wo der Mitarbeiter aus dem Beamcenter sich verwandelt, halten alle aufgeregt den Atem an.

Das hast du doch bestimmt geträumt!
Hab ich nicht!
Ich habe gestern Nacht tatsächlich mein Zimmer verlassen. Ihr könnt meine Mum fragen. Sie hat mich gesehen, als ich zurückgekommen bin.

Nun ist es mucksmäuschenstill in der Klasse. Wir alle warten auf das, was Herr Keksteig dazu sagen wird. Kann es sein, dass er weiß, was mit diesem seltsamen Kerl los ist? Menschen können sich ja nicht einfach in schleimige Monster verwandeln. Niemand, noch nicht mal ein Alien, kann sich einfach so verwandeln, zumindest steht das in unseren Büchern über Alienkunde.

Nun, jetzt, wo wir schon so lange nichts mehr gegessen haben, bilden wir Grantari uns manchmal Dinge ein, die gar nicht passiert sind.
Sie meinen, ich hatte eine Hallu...
Eine Halluzination, genau.

Arme Pimm. Ich weiß genau, wie es ihr geht.

Aber kann es wirklich sein, dass sie sich das schleimige grüne Monster nur eingebildet hat?

Ganz glauben kann ich das alles nicht. Erst hat der Kerl »unabsichtlich« den Stecker gezogen, und jetzt hat Pimm halluziniert, dass er sich vermeintlich in ein Monster verwandelt hat. Da kann doch etwas nicht ganz stimmen!

Ich schlafe beinahe die ganze Nacht nicht. Immer muss ich an Pimms Geschichte denken. An den Kerl vom Beamcenter, der sich plötzlich in ein Ekelmonster verwandelt. Als Anna und ich am nächsten Tag zur Schule gehen, nehmen wir einen kleinen Umweg am Beamcenter vorbei. Einfach nur, um nach dem Rechten zu sehen. Doch was ich da sehe, kann ich kaum glauben.

Moment mal.
Lese ich gerade richtig? Die verlosen Reisen?
Du musst zugeben, Ned, einmal zu beamen, wäre schon richtig cool.

Ich kann mir gut vorstellen, was Anna meint. Es gibt nämlich einige Planeten, die die Wissenschaftler hier auf der Station bereits entdeckt haben und auf die man sich ganz fantastisch beamen könnte!

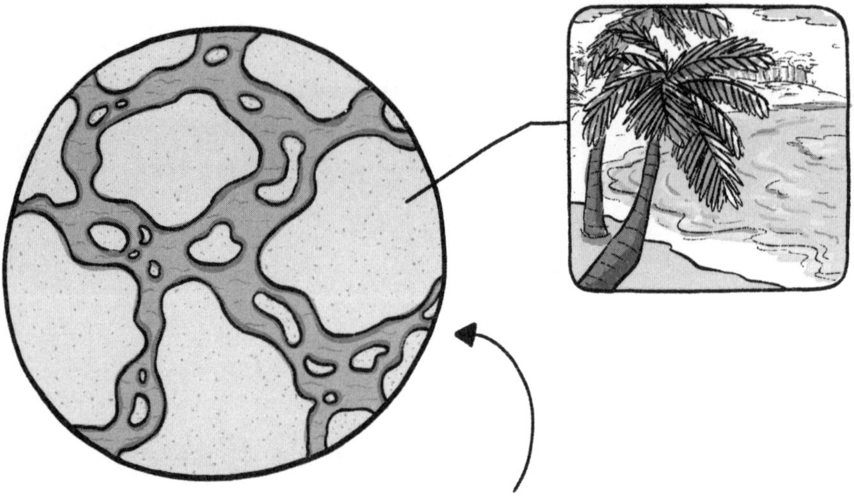

Zum Beispiel Paradiso, der nur aus wunderschönen, tropischen Inseln besteht.

Oder, wenn man eher Lust auf etwas Abkühlung hat, Antarcia. Ein Planet, der eine einzige Schneelandschaft ist.

Einige Menschen haben die beiden Planeten vor vielen Jahren besiedelt und dort eine Zivilisation gegründet. Vor dem Beamen hätte die Reise dorthin ungefähr fünf Jahre gedauert und wäre unerschwinglich gewesen. Nun, dank des Beamens, geht es in nur wenigen Sekunden.

Aber dann fällt mir ein, dass der letzte Beamtransport beinahe das Leben von vielen unschuldigen Aliens gekostet hätte. Die Lust aufs Beamen vergeht mir plötzlich.

Für einen kurzen Moment weiß ich nicht, was ich sagen soll. Ich will Pimms Eltern ja die Freude auf eine kostenlose Reise nicht nehmen.

Während wir in die Schule gehen, muss ich wieder an Pimm denken. Und an den komischen Kerl vom Beamcenter, der sich angeblich in ein schleimiges Monster verwandelt hat. Ich kann nicht glauben, dass Pimm sich das alles eingebildet haben soll.

Hä?
Warum denn das?
Sie denken, Herr Keksteig hat recht.

Nur warum?
Pimm, du hast dir doch noch nie etwas eingebildet, bloß weil du hungrig warst.

So ein Mist aber auch. Wenn Pimm nicht mehr länger nachts durch die Station schleicht, wird sie den Typen vom Beamcenter auch nicht weiter beobachten können. Während ich mir das Hirn zerbreche, wie ich mich selbst am besten nachts durch die Gänge bewegen könnte, tippt mich Anna an.

Ich freue mich unglaublich, dass ich damit nicht allein bin.

Ich blicke auf. Und weiß plötzlich genau, woran Anna denkt.

Die Bibliothek.

Leute, ihr werdet es nicht glauben, aber selbst in der Zukunft ist das Buch immer noch nicht ausgestorben. Und nicht nur das, es gibt sogar noch riesige Bibliotheken. So wie diese hier, auf der Station. Viele Menschen mögen den altmodischen Geruch von Büchern noch total gern.

Tiere sind hier verboten!
Aber das ist bloß unser Örks. Das ist kein Tier, sondern ein Alien.
Mir doch egal, was es ist.
Es frisst gerade Romane aus dem 20. Jahrhundert. Die sind verdammt wertvoll.
Aus! Böses Örks!
ÖRKS!

Oje, ist mir das peinlich. Ich traue mich gar nicht zu fragen, ob der Typ uns jetzt noch helfen kann, das Lexikon zu finden, in dem schleimige grüne Aliens abgedruckt sind.

Zum Glück ist Anna nicht so schüchtern.

Schleimige grüne Monster. So etwas ist nichts für euch!
ÖRKS!
Und wo würden sich solche Lexika befinden, *wenn* es etwas für uns wäre?
Das verrate ich euch bestimmt nicht. Und jetzt holt euch lieber ein paar Bücher für euren Unterricht. Die sind da vorne, in Gang zwei.
Und schafft mir dieses Schwein hier raus!
Das ist ein Örks!
ÖRKS!

Die Antwort fällt uns gar nicht schwer.

Na klar! In unserer Bibliothek gibt es eine ganze Abteilung, in der sich nicht nur Bücher über blutrünstige Ereignisse der Vergangenheit befinden, die man lieber nicht vor dem Schlafengehen lesen sollte, sondern auch Werke über gruselige Wesen, die angeblich im Weltall beheimatet sind. Blöd nur, dass sich dieser Gang ausgerechnet hinter dem Rücken dieses unfreundlichen Typen befindet.

Das lässt das Örks sich nicht zweimal sagen.

Hey! Ich sagte doch, ihr sollt euer … Bleib hier, du gefräßiges Schwein!
Jetzt! Aber schnell!

In der verbotenen Sektion ist es nicht nur finster, sondern auch ziemlich kalt. Ich kann beinahe spüren, wie sich meine Arme mit Gänsehaut überziehen.

Schau mal, ich hab's!
BÖSARTIGE ALIENGATTUNGEN
Das könnte doch was sein.

Bingo.
Komm schon, mach es auf.
BÖSARTIGE ALIENGATTUNGEN

Ganz ehrlich, wenn solche ekligen Kreaturen wirklich in den Tiefen des Weltalls leben, will ich schnell wieder zurück auf die Erde. Angeblich lebt in einem sehr weit entfernten Sonnensystem ein Wesen, das aussieht wie eine riesige Spinne mit acht Augen. Außerdem scheint es Aliens zu geben, die sogar Menschen fressen.

Gut möglich, dass das alles gar nicht stimmt und dieses Buch bloß eine Sammlung der Mythen und Legenden ist, die sich um Aliengattungen ranken. Doch plötzlich entdecke ich etwas, das mich noch nervöser macht.

Mit klopfenden Herzen lesen Anna und ich den Text, der neben der Abbildung abgedruckt ist. Besonders der Herkunftsort treibt mir Schweißperlen auf die Stirn.

Das war knapp. So schnell wir können, flüchten wir aus der Bibliothek, bevor uns der Bibliothekar in die Finger bekommt und unseren Eltern petzt, was wir getan haben. Zum Glück wissen wir ganz genau, wo wir hinwollen.

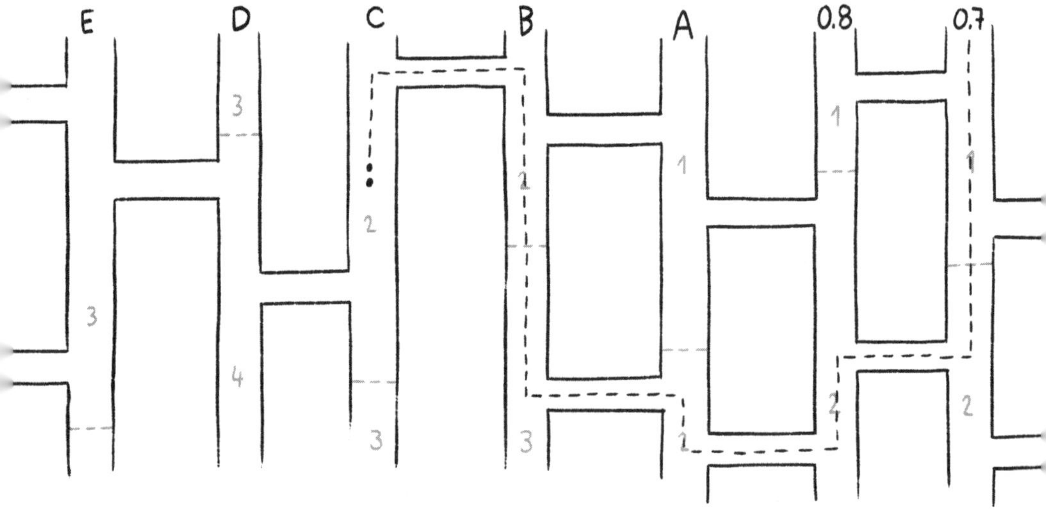

Die Wohnungen der einzelnen Bewohner der Station zu finden, ist manchmal echt kompliziert. Auf der Erde haben die Straßen Namen, hier bloß Zahlen und Buchstaben. Aber irgendwie schaffen wir es doch, dorthin zu gelangen, wo wir hinwollen.

C2
27
Blip!
Anna, Ned! Ihr kommt gerade zur richtigen Zeit!
Swisch!
Hä?
Örks!

Zur richtigen Zeit? Was soll das denn heißen? Hat Pimms Familie etwa auch herausgefunden, dass der Kerl vom Beamcenter womöglich vom verbotenen Planeten kommt?

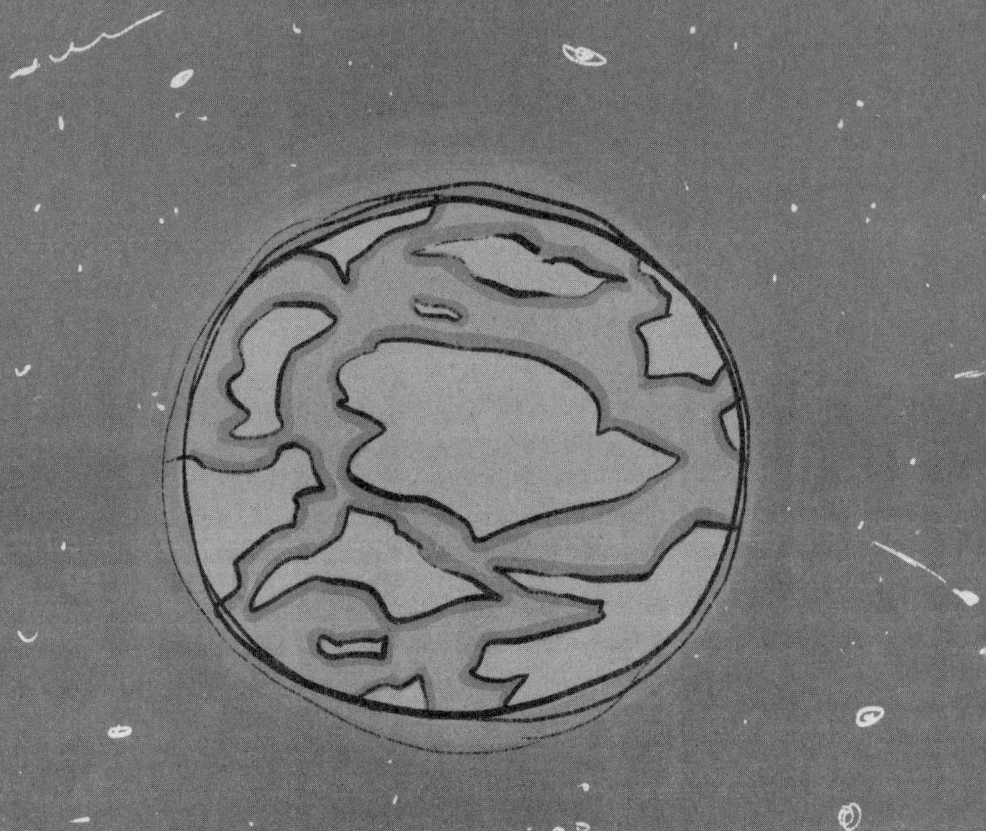

Einem Planeten, mit dem Waffenstillstand herrscht, nachdem vor Ewigkeiten mal ein grausamer Krieg zwischen den Menschen und den Aliens dort geführt wurde?

Schließlich haben die Menschen eingelenkt und den Krieg beendet. Seitdem gibt es mit dem verbotenen Planeten keine Handelsbeziehungen mehr und es fliegt auch kein Mensch mehr dorthin. Obwohl er sich ganz nahe an unserer Station befindet, machen die Menschen einen großen Bogen um ihn.

Doch ich komme gar nicht dazu, Pimms Eltern zu fragen, ob sie dasselbe wissen wie wir. Pimms Mutter führt uns an einen Tisch, wo eine riesige Schokoladentorte wartet.

Vor Schreck bleibt mir der Mund offen stehen.
Die drei haben tatsächlich gewonnen?

Ifft daff nicht klasse?
Wir werden jedenfalls die nächste Woche am Strand des Planeten Paradiso verbringen. Und natürlich genug Essen mitnehmen.
Für die Bikinifigur!

Ich kann nicht glauben, was ich da höre. Ich muss ihnen sofort erzählen, was wir herausgefunden haben.

Vom ... verbotenen Planeten??

Ja. Wir haben eine Abbildung von
genau diesem Monster gesehen,
das du uns beschrieben hast.
Und ich hab sogar ein
Bild davon gemacht.

Pimm schaut sich auf Annas Tablet das Bild des Aliens an, das Anna noch schnell in der Bücherei fotografiert hat.

Ja! Genau das war er!

Mama, ich habe neulich ein Alien vom verbotenen Planeten gesehen!

Und schau mal, hier steht noch mehr. Aliens vom verbotenen Planeten haben besondere Kräfte. Sie können sich in alles Mögliche verwandeln.

Da diese Aliengattung allerdings mit der Gattung der Eintagsfliege verwandt ist, leben gewöhnliche Aliens vom verbotenen Planeten nicht länger als einen Tag lang.

Im Ernst? Ach, deswegen sind die so fies. Wenn man nicht lange lebt, hat man wohl nichts zu verlieren.
Allerdings hat sich in Experimenten gezeigt, dass sich ihre Lebensdauer sichtlich erhöht, wenn sie sich mit elektrischer Energie aufladen. Jede Nacht, zur Sternstunde Null.
Oder Mitternacht, wie ihr auf der Erde sagt.
Genau. Das muss dieser Kerl vom Beamcenter gemacht haben! Strom gibt es hier genug. 5.000 Volt Superweltraumstrom.

Doch Pimms Eltern schauen nur ziemlich grimmig drein.

Ich kann es nicht glauben. Ich will Pimms Eltern warnen, immerhin werden sie bei ihrer Reise auch dem Alien vom verbotenen Planeten begegnen, wenn auch in seiner menschlichen Form. Aber ich glaube, diese Warnung wollen sie gar nicht hören. Ich kann bloß hoffen, dass Pimms Reise kein Höllentrip wird.

Als Pimm und die anderen rund zehn Gewinner schließlich ihre Beamreisen antreten dürfen, bekommen wir kaum etwas mit. Allerdings können wir in der Zeitung lesen, was passiert ist.

Zum Glück haben wir noch meinen Paps, der mir, Anna und Ypsilon am Abend ein paar Informationen aus erster Hand gibt.

Abb.1: Einstein verfasste seine Relativitäts-
theorie in den Weiten des Universums.
Aber Albert Einstein war doch nie im Weltall.
Nicht? Dann ... ähm ...
Du meinst wohl Neil Armstrong.
MENSCHLICHE RAUMFAHRT

Abb. 2: Ritter schützten sich mit Rüstungen gegen Asteroideneinschlag.

Zugegeben, mein alter Herr hat in der Schule nicht besonders gut aufgepasst. Vermutlich ist er deswegen kein Wissenschaftler geworden. Aber das würde ich ihm natürlich nie so sagen.

Aber jetzt zurück zum Beamen. Diesmal ist ganz bestimmt nichts Seltsames dabei passiert?
Seltsames?
DAS MITTELALTER
Vielleicht ein gezogener Stecker?
Oder ein schleimiges grünes Monster, das plötzlich aufgetaucht ist?

Wie bitte?

Nö, keine Schleimmonster und auch kein Stromausfall. Die Gewinner haben sich sogar schon per Funk von ihren Planeten gemeldet und mitgeteilt, dass es ihnen prächtig geht und sie ihren Urlaub genießen.

Auch Pimms Familie hat sich von Paradiso gemeldet.

Merkwürdig. Sehr merkwürdig. Wenn mein Vater recht hat, dann scheint diesmal alles prima verlaufen zu sein. Jetzt schäme ich mich fast ein wenig, dass ich so große Angst um Pimm hatte. Vermutlich liegt sie einfach am Strand und genießt ihren Urlaub.

Während Pimms Urlaub ist auf der Station nicht gerade viel los. Wir alle vermissen Pimm. Anna und mir fehlen ihre lustigen Sprüche, Ypsilon kann sich im Unterricht nicht wirklich konzentrieren und unserer Schlingone wächst seit heute ein braunes Blatt.

Unserer Schlingone reicht es nicht, wenn man sie nur gießt – ab und zu mag sie ein wenig menschlichen Schweiß, damit sie schneller wächst. Aber irgendwie scheint ihr nicht mal das zu helfen.

Vermutlich hat Miss Universum recht. Wenn es der Pflanze nämlich prima geht, kann man sich richtig wertvolles Zeug wünschen, das dann in ihrer Knospe wächst. Zu gern hätte ich mir ein paar fertige Hausaufgaben gewünscht, aber so, wie die Schlingone jetzt aussieht, wird sie demnächst wohl nicht blühen.

Und wer weiß, vielleicht hast du diesmal eben doch nicht recht gehabt. Wär doch besser, wenn unsere Station mal nicht von irgendeinem Superschurken bedroht wird, oder?
20 LUSTIGE ÖRKSVIDEOS
Stimmt. Und zur Not hast du immer noch deinen Vater, der sicherstellt, dass dort niemandem etwas geschieht.

Doch so gut ich mich abzulenken versuche,
ich mache mir Sorgen um Pimm.

Ich mache mir Sorgen in der 5D-Spielehalle …

… beim Hausaufgabenmachen …

… und sogar, während ich das Örks Gassi führe.

Doch plötzlich, als ich gerade wieder einen kleinen Umweg am Beamcenter vorbei mache, steht Pimm vor mir.

Ich kann kaum glauben, was ich sehe. Pimm und ihre Eltern sind wohlauf.

Sie haben vermutlich das Doppelte ihres Gewichts auf den Rippen und sehen prächtig aus.

Mir fällt ein Stein vom Herzen. Ich bin richtig froh, mit meinen Vermutungen unrecht gehabt zu haben. Doch seltsamerweise gibt es immer noch ein kleines nerviges Gefühl in meiner Magengrube, das mir sagt, dass das noch nicht alles war.

In der Nacht habe ich einen furchtbaren Traum. Ich träume davon, dass wir von einer ganzen Armee schleimiger grüner Monster vom verbotenen Planeten gestürmt werden, die unsere ganze schöne Station in Schutt und Asche legen.

Als ich aufwache, bekomme ich einen Riesenschreck.
Vor dem Fenster meines Zimmers schiebt sich der verbotene Planet vorbei. So dicht, dass ich fast glaube, er berührt unsere Station.

SPACESHIPS
ÖÖÖRKS!
STATION SCIENCE DAYS 2219

Am nächsten Tag bin ich total unausgeschlafen.
Doch seltsamerweise bin ich nicht der Einzige, dem es so geht.

Doch als ich mich umdrehe, um Pimm zu begrüßen, bekomme ich einen Schreck. Pimm sieht furchtbar aus. Noch furchtbarer als ich. So, als hätte sie letzte Nacht gar nicht geschlafen. Und sie hat ihr neu angefuttertes Gewicht schon wieder verloren.

Die Grippe. Seit die Aliens bei uns auf der Station angekommen sind, habe ich schon viel über sie gelernt. Aber dass Grantari die Grippe bekommen können, so wie wir Menschen, davon habe ich noch nichts gehört.

Vielleicht hast du während deiner Bespeckungsphase etwas Falsches gegessen, hm?
CHOC-OOH
Glaube nicht. Im Hotel gab es das beste Essen, alles frisch zubereitet.

Wir merken gar nicht, dass Herr Keksteig plötzlich neben uns steht. Die Stunde hat offenbar schon angefangen und wir haben ihn nicht mal bemerkt.

Anders als Pimm hat Herr Keksteig während der Bespeckungsphase nicht abgenommen. Er wiegt nun das Doppelte von letzter Woche.

Keinen Hunger? Pimm hat normalerweise immer Hunger. Wenn sie auf die nächste Bespeckungsphase wartet und natürlich während der Bespeckungsphase noch viel mehr. Was ist denn los mit ihr?

Zum Glück erlaubt mir Herr Keksteig, Pimm zum Arzt zu bringen, denke ich mir, während meine Gedanken Achterbahn fahren. Könnte es sein, dass ihr Zustand mit der Reise zu tun hat?

Ich war schon ganz schön lange nicht beim Stationsarzt. Aber als wir ankommen, warten viel mehr Leute als beim letzten Mal.

Schau mal, Pimm, ein Grantari.
Gott sei Dank.
Nicht auszudenken, wenn mich ein Mensch behandeln würde.
Die haben doch gar keine Ahnung von Grantari-Krankheiten.

Ist das denn so unterschiedlich?

Nun, Grantari sind nahezu unverwüstlich.

Es gibt kaum Krankheiten bei uns.

Unsere Körpertemperatur ist immer gleich, 75 Grad Celsius. Außerdem sind unsere Knochen fast wie Metall, die können nicht brechen.

Ziemlich praktisch, finde ich. Doch wenn Grantari wirklich so selten krank sind, was ist denn dann mit Pimm los?

Als wir schließlich bei dem Grantari-Arzt Dr. Grünkohl ankommen, wird Pimm erst mal genau untersucht.

Ich denke, nicht.
Pimm sollte erst mal ihre Bespeckungsphase unterbrechen.
Unterbrechen?
Ich hab noch nie eine Bespeckungsphase unterbrochen ... Das ist ja fast, als würde Weihnachten ausfallen.
Aber hungrig bist du doch auch nicht, oder?
Nö.

Arme Pimm. Dr. Grünkohl hat ihr geraten, sich ins Bett zu legen, Wasser und Gemüsebrühe zu trinken und sich zu erholen.

Als sich die Tür zu Pimms Wohnung schließt, geht mir plötzlich ein Licht auf. Warum habe ich nicht schon früher daran gedacht? Vielleicht hat Pimm gar keinen exotischen Virus vom Planeten Paradiso. Vielleicht war es das Beamen, das sie krank gemacht hat.

* Auch in der Zukunft geht uns immer noch dieses alte Licht auf …

Zuerst muss ich Ypsilon und Anna holen. Und dann weiß ich ganz genau, wohin ich als Nächstes gehen werde.

Zum Glück sind Ypsilon und Anna bereit, mir zu helfen.

Lasst uns der Sache auf den Grund gehen.
Und wie finden wir raus, wer noch in der Beamlotterie gewonnen hat?
Wenn wir wissen, ob die anderen Rückkehrer auch krank sind, können wir sicher sein, dass es mit dem Beamen zu tun hat.
ÖRRRRRRRRRRRRRRR

Mit ein paar Klicks hat Ypsilon die Ausgabe von vor einer Woche auf seinem Tablet.

Die hab ich beim Stationsarzt gesehen.
Und Herr Curry, ein Grantari, der in der Botschaft arbeitet und ...
PARADIS
Den auch!
Leute, alle, die gebeamt wurden, sind krank. Das kann kein Zufall sein. Ich hab einen Plan. Lasst uns zu meinem Vater gehen. Und zwar schnell.

Leichter gesagt als getan. Vor dem Beamcenter erwartet uns ein Sicherheitsmann. So, wie er aussieht, ist er heute mit dem falschen Fuß zuerst aufgestanden.

Aber unser Örks kann nicht lesen. Es reckt den Rüssel in Richtung des Beamcenters und im Nullkommanix flitzt es am Sicherheitsmann vorbei.

Hey, Örks! Bleib hier!

Offenbar hat das Örks etwas erschnüffelt. So schnell ich kann, renne ich ihm hinterher. Aber es folgt nicht nur dem Duft, es schlägt auch ein paar Haken innerhalb der vielen Gänge des Beamcenters, bis uns der Sicherheitsmann schließlich aus den Augen verliert.

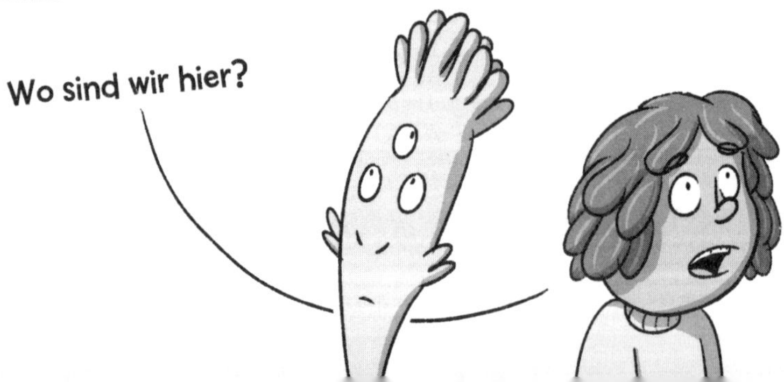

Oh nein.
MÜLL-
VERBRENNUNGS-
ANLAGE
Quetsch
Wir sind vor dem Müllraum.
Nom,
nom,
nom,
nom

Eigentlich hätte ich das wissen müssen. Das Örks war nicht etwa auf der Suche nach meinem Vater, es wollte bloß etwas zu essen.

Oh, hallo Papa.
Wir wollten dich besuchen. Und dann hat das Örks begonnen, sich hier auszutoben.
Sorry!
Nicht schlimm.
In Wahrheit ist so eine kleine Müllvernichtungsmaschine äußerst praktisch.
Puh!
ÖRKS!

Zum Glück ist mein Vater nicht sauer. Er führt uns sogar auf die Toilette des Beamcenters, wo er sich gemütlich eingerichtet hat.

Ach, die Lotterie! Zu schade, dass ich nicht gewonnen habe. Ich habe versucht, unter falschem Namen mitzuspielen, und um ein Haar hätte ich ...

Seien Sie mal lieber froh, dass Sie nicht gewonnen haben. Denn alle, die gebeamt wurden, sind nach ihrer Rückkehr furchtbar krank geworden.
Uärgh!

Krank?

Aber bei ihrer Rückkehr waren diese Weltraumtouristen doch noch putzmunter und gesund.
Rumpel!

Was auch immer es ist, es scheint erst ein wenig später auszubrechen.
Womöglich Absicht.
Damit man es nicht allzu schnell mit dem Beamen in Zusammenhang bringt.

Und wir glauben, dass es mit dem verbotenen Planeten zu tun ...
KRIIIII
KRIIIIIIIIII
KRIIIIIII
Was ist das denn für ein ohrenbetäubendes Geräusch?

Das ist der Alarm des Beamcenters. Irgendetwas muss passiert sein.
ALLE WISSENSCHAFTLER DES BEAMCENTERS SOFORT IN DEN BESPRECHUNGSRAUM!
Mist, da gehöre ich nicht dazu …
Das klingt dringend. Ob das wohl was mit den kranken Passagieren zu tun hat?
Sie müssen irgendwie in den Besprechungsraum gelangen. Und uns dann erzählen, was dort passiert ist. Haben Sie keinen Schlüssel?
Oh doch! Ich habe einen Generalschlüssel. Der sperrt jede Tür der Station auf. Aber den darf ich nicht benu…

Ach, du liebe Güte!!
Sie haben mich gerade in den Besprechungs-raum gerufen! Ich bin wichtig!
Ich bin ...
BRRRP!
Oh.
Was denn?
Scheint, als wäre bloß der Kaffee ausgegangen ...

Ich bin plötzlich richtig nervös. Ich will hören, was da passiert. Aber uns Kinder würden sie doch sofort wieder nach draußen befördern. Und an der Tür lauschen fällt auch flach, denn hier sind die Türen aus Stahl.

Es sei denn …

Kommt nicht infrage!
Da passen zwei von uns drunter.
Anna, du bist kleiner als ich. Ich bleibe hier und passe auf das Örks auf.
Aber ... ich hab doch noch gar nicht zugestimmt.

Mein Paps hat gar keine andere Wahl. Anna und ich quetschen uns in den Servierwagen, den mein Vater dann durch den Flur schiebt, in Richtung des Besprechungsraums.

So viel Geld haben wir nicht. Wir können der Forderung des verbotenen Planeten nicht nachkommen. Und selbst wenn wir das Geld zusammenkratzen, müssten wir danach das Beamcenter zusperren.
Hä? Welche Forderung? Und wofür das ganze Geld?

In mir krampft sich alles zusammen.

Der verbotene Planet.

Die wollen eine riesige Summe Geld. Ich muss immer wieder an diesen Typen denken, der am ersten Tag den Stecker gezogen und sich dann in ein schleimiges Monster verwandelt hat. Langsam hebe ich die Decke über dem Servierwagen hoch und sehe mich um. Hier ist er jedenfalls nicht. Und doch denke ich, dass er noch irgendwo hier auf der Station sein muss.

Autsch!
Ksch!

Kaffeeeee?

Während mein alter Herr Kaffee verteilt, kann ich förmlich spüren, wie die Luft zum Zerreißen gespannt ist.

Ein Spion!
Ned, die haben keine Ahnung, dass jemand unentdeckt ...
Schscht ...
WIE MILCH
Haben Sie eben etwas gesagt?

Ich kann hören, wie mein Vater sich bedankt. Unsere Chemielehrerin ist zwar nett, aber mit ihr als Chefin des Beamcenters sollte man sich trotzdem besser nicht anlegen. Also setzt Paps den Wagen in Bewegung und bringt mich und Anna zurück nach draußen. Doch bevor wir die Tür erreichen, stupst Anna mich an.

Ned, wir müssen es ihnen sagen!
Was meinst du?

Das mit dem Spion.
Aber ...

Stopp!
Wir haben wichtige Infos für Sie! Wir glauben nämlich, dass ...
Klirr
Kinder? Was soll das denn? Schafft sie sofort hier raus!
Moment mal. Das hier sind meine Schüler.
Was macht ihr denn hier? Ihr wisst, dass wir euch dafür bestrafen könnten.
Aber wir müssen Ihnen etwas sagen. Einer Ihrer Mitarbeiter ist ein Spion vom verbotenen Planeten. Er hat das alles hier eingefädelt.

Ein Spion?
Ja! Er hat sich vor ein paar Nächten in ein schleimiges Monster verwandelt. Unsere Freundin Pimm hat es gesehen.
Monster ... Haha!
Und wer hier sollte das denn sein?
Er ist nicht hier. Aber Sie müssen uns glauben. Sie haben uns doch auch neulich geglaubt, oder?
Bei der Sache mit Shore ...

Stille.

Ich kann sehen, wie sich alle Augen der Mitarbeiter auf unsere Chemielehrerin richten. Alle warten darauf, was sie sagen wird. Nur mein Vater sieht aus, als würde er am liebsten im Erdboden versinken.

Es ist wahr! Sie müssen uns glauben.
Einer Ihrer Mitarbeiter hat das Beamcenter manipuliert.
Er hatte es neulich auch schon auf die Aliens abgesehen,
als plötzlich der Strom ausgefallen ist, wissen Sie noch?
Er hatte den Stecker gezogen.

Kinder, ich finde es toll, dass ihr euch so um unsere Sicherheit sorgt. Und, ja, die Lage ist ernst.

Einige Stationsbewohner sind krank und wir haben kein Heilmittel für sie …

Ich kann spüren, wie die Enttäuschung in mir hochsteigt. Na toll. Dann packt mein Vater Anna und mich auch noch an den Händen und zieht uns nach draußen.

Die nächsten paar Stunden müssen wir uns leider eine ziemliche Standpauke meines Vaters gefallen lassen. Zum Glück verpasst er mir keinen Hausarrest, sondern erlaubt uns, nach unserer Freundin Pimm zu sehen.

Seit du weg warst, blüht sie nicht mehr richtig. Außerdem würde es zu lange dauern.
Pimm, hör mal, wir glauben, dass euch der Kerl vom verbotenen Planeten diese Krankheit eingebrockt ...
Der Kerl!
Ja, der war auch bei uns auf Paradiso!

Pimms Mutter starrt mich an, als hätte sie absolut keinen Schimmer, wovon ich spreche. Aber Anna und Ypsilon wissen, was das bedeutet. Und auch Pimm sieht mich an, als hätte es plötzlich klick gemacht. Was auch immer der Kerl Pimm und ihrer Familie zu trinken gegeben hat, das muss sie krank gemacht haben. Und nicht das Beamen selbst.

Ihr müsst ihn finden!
Versprochen, Pimm!
Und ich weiß auch schon,
wie wir ihn kriegen werden.

Der Plan ist gefährlich und riskant. Aber er ist unsere einzige Chance, an das Heilmittel zu gelangen, wenn die Station die Kohle dafür nicht aufbringen kann. Schließlich geht es um Pimm.

GESUND & LEC
Und hier ist auch der Automat, den Pimm neulich gesucht hat. Genau hier hat sie den Typ gesehen.
Wenn er sich nachts eine Dosis Energie holt, müsste er jeden Moment ...
Glugger.
PLUTO COLA
23:44
Leute, da ist er!

Denkst du, das ist
das Gegengift?
Jede Wette.
Und was jetzt?

Wir dürfen nicht zulassen, dass er sich für einen weiteren Tag mit Energie auflädt!

Blip!

Wir müssen ihn ablenken.

Endlich kommt
mein Plan zum Einsatz.
Triumphierend ziehe ich
den Generalschlüssel
meines Vaters aus der
Tasche, den ich ihm
gestern im Beamcenter
stibitzt habe. Und ich
habe Glück.

Er passt.

Als ich den Kerl eingeschlossen habe, atmen wir alle erst mal durch.

Die Frage ist bloß, ob die Tür es bis zur Sternstunde Null aushält. Anders als die Türen im Beamcenter ist die des Lagerraums uralt und aus Aluminium. Wir können spüren, wie sich der Kerl mit voller Kraft gegen die Tür wirft.

Hektisch sehen wir auf die Uhr.

Anna!
Er verwandelt sich!
Immer noch
acht Minuten!
Urks!
23:08
52

In diesem Moment bekommen wir unverhofft Unterstützung. Unsere Chemielehrerin und zwei ihrer Mitarbeiter stehen vor uns.

Gott sei Dank hat das Team Sicherheitsstiefel an. Mit aller Kraft versuchen die drei, uns unter die Arme zu greifen. Ich kann hören, wie Anna tapfer die Zähne zusammenbeißt. Dieser eklige Schleim quillt rund um ihre Fußsohlen.

Doch es hilft alles nichts.
Immer schneller quillt der grüne Schleim durch die Tür.

HA HA HA HA!

Dachtet ihr, eine dumme alte Tür kann mich aufhalten? Der Waffenstillstand zwischen der Station und unserem Planeten ist null und nichtig, seit uns euer Vizekommandant Shore die versprochenen Aliens nicht geliefert habt.
Ich rate euch, auf unsere Forderung einzugehen. Oder wollt ihr, dass eure Weltraumtouristen nie wieder gesund werden?
Unsere Station lässt sich nicht erpressen. Und deine Zeit ist ohnehin …
Drei, zwei, eins …

Schnell!
Schnappt euch das Serum!
ARGH!

Ich verliere keine Sekunde. Noch bevor Ypsilon mit dem Zählen bei null angelangt ist, schnappe ich mir das Serum. Dabei sehen wir, wie der Kerl vom verbotenen Planeten langsam zu Staub zerfällt. Richtig gruselig ist das.

Das ist ja fast so wie bei Vampiren. Zerfallen die nicht auch zu Staub?
Knirsch
Knusper
Nur dass die uns nicht mit ätzendem grünen Schleim verletzen können.
Danke, Ned!

Puh, das ist ja gerade noch mal gut gegangen. Aber eine Frage hätte ich noch. Warum sind Sie uns doch noch zu Hilfe gekommen?
Ich musste lange nachdenken. Ein Spion in unseren eigenen Reihen. Aber dann habe ich mir den Lebenslauf dieses Kerls etwas genauer angesehen. Da passt nichts zusammen.
Ich hab schon am ersten Tag geahnt, dass mit dem Kerl etwas nicht stimmt.
Vielleicht sollte ich ab jetzt öfter auf euch hören.
Oder ...
kram

Oder ich mache euch zu
Ehrenmitgliedern des Beamcenters!
Damit könnt ihr uns
jederzeit besuchen.
Oder über gefährliche
Entwicklungen auf
der Station in
Kenntnis setzen.
Aber das ist noch nicht alles ...

Als die Mitarbeiter des Beamcenters Pimm und ihrer Familie das Serum geben, fühlen diese sich bald besser.

Und nicht nur das!
Wir haben noch etwas bekommen: eine kostenlose Beamreise, wohin wir wollen. Natürlich ohne Vergiftung bei der Rückreise.
Knurr!
Genial!
Wir müssen unbedingt auf einen Planeten, wo es Essen gibt. Ich hab mindestens zehn Bespeckungsphasen nachzuholen.
ÖRKS!

Sonja Kaiblinger lebt in Wien und in Köln und loggt dort ihre Geschichten, die in ihrem Kosmos herumschweben. In ihrer Wohnung gibt es zahlreiche schwarze Löcher, wo immer wieder Gegenstände (vorzugsweise Socken) verschwinden. Wenn sie mal nicht schreibt, arbeitet sie fürs deutsche Fernsehen oder beamt sich in fremde Länder, um dort zu urlauben.

Sonja Kurzbach wurde 1983 in den unendlichen ostfriesischen Weiten geboren. Nach dem Abitur dockte sie in Bremen an, um eine Ausbildung zur Mediengestalterin zu machen. Einige Jahre später gelangte sie durch ein Stipendium-Turbo-Portal nach Berlin, wo sie im Illustrationsstudium an der AID Berlin endlich voll und ganz ihrer Leidenschaft, dem Illustrieren, nachgehen konnte.
Sie lebt und schwebt in Berlin, und wenn die Schwerkraft es zulässt, macht sie Karate, erkundet die Stadt auf dem Fahrrad oder geht auf Konzerte.
Auch Kaffee trinken ist mit Bodenhaftung deutlich einfacher.

ISBN 978-3-7432-0580-2

Steven und Piet geraten in die verbotene Zone tiiieeef unter der Stadt. Dort sieht es aus wie in einem echten Computerspiel! Schon werden die beiden Jungs von bösen Brummern und schlecht gelaunten Bugs gejagt. Gut, dass sie einen Roboter haben, der ihnen hilft! Doch sind es wirklich nur die Brummer, vor denen sie Angst haben müssen? Klar ist: Die Jungs müssen so schnell wie möglich das Portal zum nächsten Level finden!

Das will ich LESEN!

ISBN 978-3-7432-0020-3

Vincent, die Fledermaus, haust allein auf dem Dachboden. Na gut, Polly, der Polstergeist, wohnt auch dort. Und die fiese Katze. Aber die zählt natürlich nicht. Damit Vincent es nicht ganz allein mit den Fieslingen der Geisterwelt aufnehmen muss, braucht er dringend einen Freund! Beule, die Eule, hat auch schon eine Idee: Die beiden hängen eine Anzeige am Baum auf. Ob sich jemand meldet? Vielleicht sogar ein echtes Tier? Doch dann erlebt Vincent eine riesige Überraschung!

LOEWE WOW!

ISBN 978-3-7432-0676-2
1. Auflage 2021

Umschlag- und Innenillustrationen: Sonja Kurzbach
Textgestaltung: Sonja Kurzbach
Umschlaggestaltung: Michael Dietrich
Printed in the EU

www.loewe-wow.de